积极发言有办法

大胆举手吧，"说错了"也没关系

[日] 楠茂宣 / 著
[日] 木场叶子 / 绘
彭懿 / 译

化学工业出版社
·北京·

"ICHI・NINO・SANKANBI (GAKKO GA MOTTO SUKI NI NARU SERIES 2022)"
by Shigenori Kusunoki, illustrated by Yoko Koba
Copyright © Shigenori Kusunoki 2022
Illustrations copyright © Yoko Koba 2022
All rights reserved.
First published in Japan by Toyokan Publishing Co., Ltd., Tokyo
This Simplified Chinese edition is published by arrangement with Toyokan Publishing Co., Ltd.,
Tokyo in care of Tuttle-Mori Agency, Inc., Tokyo through Beijing Kareka Consultation Center, Beijing

本书中文简体字版由 Toyokan Publishing Co., Ltd. 授权化学工业出版社独家出版发行。
本书仅限在中国内地（大陆）销售，不得销往中国香港、澳门和台湾地区。
未经许可，不得以任何方式复制或抄袭本书的任何部分，违者必究。

北京市版权局著作权合同登记号：01-2023-3463

图书在版编目（CIP）数据

积极发言有办法：大胆举手吧，说错了也没关系 /（日）楠茂宣著；（日）木场叶子绘；彭懿译. —北京：化学工业出版社，2023.9
ISBN 978-7-122-43660-3

Ⅰ.①积… Ⅱ.①楠… ②木… ③彭… Ⅲ.①儿童故事-图画故事-日本-现代 Ⅳ.①I313.85

中国国家版本馆CIP数据核字（2023）第105262号

责任编辑：王丹娜　李　娜　　　　　内文排版：盟诺文化
责任校对：李　爽　　　　　　　　　封面设计：子鹏语衣

出版发行：化学工业出版社（北京市东城区青年湖南街 13 号　邮政编码 100011）
印　　装：北京尚唐印刷包装有限公司
889mm×1194mm　1/16　印张 2$\frac{1}{2}$　字数 20 千字　2024 年 1 月北京第 1 版第 1 次印刷

购书咨询：010-64518888　　　　　　售后服务：010-64518899
网　　址：http://www.cip.com.cn
凡购买本书，如有缺损质量问题，本社销售中心负责调换。

定　价：45.00 元　　　　　　　　　　　　　　　　　版权所有　违者必究

今天，是家长参观日！

今天的老师和平时不一样。

"大家像平时一样就好。"
"让家长们看看大家平时的样子吧。"

虽然老师这么说,
可是她自己却穿着和平时不一样的衣服,
脸上好像还放着光。

我们没有办法像平时一样。
我的心,现在就开始怦怦跳了。

不过,我喜欢家长参观日。
因为老师上课的时候,笑容会比平时更多。

今天，我们和老师一起
格外卖力地打扫卫生。

今天的家长参观日，
我要第一个举手，
被老师表扬，
同学们鼓掌，
爸爸妈妈就会很高兴……

我一边想象着，
一边打扫卫生。

上课铃响之前,教室的后面就站满了爸爸妈妈。

啊,菜菜的妈妈。
啊,小友的爸爸。
然后,啊,我的妈妈和妹妹也来了。

上课铃响了。

"好,同学们,今天我们还是继续学减法。"
"大家学得非常努力。"
"大家那么努力,老师就更要努力了。是真心话。"

老师果然比平时要紧张。

16 - 8 =

老师在黑板上写下题目。

我!
我!
我!

大家一个接一个举手。

我虽然还没想出答案,
但是看见大家都举手了,就也跟着举手了。

(不会叫到我的,老师肯定叫先举手的小明或是菜菜。)

可是想不到……

"上原同学,你来回答吧!"

哎——
我还没想出答案呢。
我不过是跟大家一起举手了。
我以为绝对不会叫到我。
结果却被叫到了……

"我……那个……"
我低着头,我能感到自己的脸红了。

"上原同学还没想好,是吗?"
"是、是的。"

我坐下来,悄悄回头朝后看,
妈妈给我做了一个"加油"的手势。

不过,后来我就再也没有发过言。

为什么呢?因为今天大家太踊跃了,一个个都比我先举手。

我为什么算得这么慢呢?
题目出来的时候,我心里净想刚才的事了。

我渐渐地低下头,人越缩越小。

啪啪。
有谁敲我的肩膀。
抬头一看,是妹妹。

"别过来,
在后面看。"
我用最小、最小、
最小的声音说……

可是妹妹却大声地说:
"哥哥,你举手吧。大家都
举手了。给,给你一粒'糖糖
小妹'。听话,乖,举手吧。"

教室里哄的一声笑开了。
妈妈慌忙抓着妹妹的手,把妹妹拉走了。

啊——糟糕的参观日。
大家至少要嘲笑我一个星期。
要是……没有家长参观日就好了……

我低着头,人缩得更小了。
就在这时……

"来,大家看黑板。这是最后一道题。"
老师写下了题目。

老师笑着朝我点点头。

昨天,这道题我答错了,
是老师和我一起改过来的。

昨天老师刚给我讲过这道题。

"我!"

我马上就算出来了,使劲儿地举手。

"好，上原同学，让你妹妹看看你有多优秀吧。"
说完，老师就从举手的同学中选我回答。

我大声回答——

15减7等于8！

这回……
教室里响起了一片掌声。

我朝后一看,妈妈也在鼓掌。

妹妹开心地挥着糖果。

嘿嘿,也许是多亏了"糖糖小妹"吧。

今天是家长参观日,我举手回答了问题!

我觉得自己很棒!以后,我还要大胆举手!

后记

今天是家长参观日。

大家要比平时紧张，要比平时更加努力。

在这样的日子里，如果像上原那样举起了手，

却什么也没回答出来，该怎么办呢？

在教室里，失败了，答错了，都没有关系，不用担心。

老师也好，同学也好，在后边看着的爸爸妈妈也好，

大家都在为你鼓劲儿呢："没有关系的，加油！"

楠茂宣

【作者简介】

楠茂宣

儿童文学作家。1961年出生，现居日本德岛县。曾任小学教师、鸣门市立图书馆副馆长等职。出版作品超过130部，曾荣获第二届日本国际儿童图书评议会（JBBY）特殊儿童题材奖、第三届幼儿园绘本奖大奖、第二十三届和第二十九届剑渊绘本之乡美羽乌奖、第五届新美南吉童话奖等多项大奖。作品被收入教科书，深受日本乃至全世界孩子的喜爱。

木场叶子

1972年出生于日本东京都。多摩美术大学绘画系油画专业毕业。成为平面美术设计师之后转型成为绘本画家。2003年获得第四届pinpoint 绘本大赛最优秀奖。

今天是家长参观日

楠茂宣·作词
中田喜直·作曲

今天是家长参观日	今天是家长参观日	今天是家长参观日
不能玩橡皮	老师穿的衣服和平时不一样	明明不知道答案，却被叫起来回答
我不知道答案却举起了手	特别温柔地叫我回答	我什么也没说出来，脸红了
今天是家长参观日	今天是家长参观日	今天是家长参观日
要格外努力	老师笑眯眯	妈妈的脸也红了

※ 绘本《积极发言有办法：大胆举手吧，说错了也没关系》是在1989年获得每日童谣奖优秀奖《今天是家长参观日》的基础上完成的。